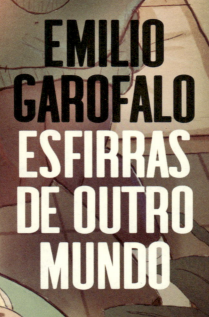

# EMILIO GAROFALO
# ESFIRRAS DE OUTRO MUNDO

Thomas Nelson BRASIL

Pilgrim

# APRESENTAÇÃO DA COLEÇÃO

Este é um livro de meu projeto "Um ano de histórias". Há anos tenho encorajado cristãos a lerem e a produzirem histórias de ficção. O prazer de ler e escrever ficção é algo que está em meu peito desde a infância. Falo muito sobre o assunto num artigo disponível online chamado "Ler ficção é bom para pastor".[1] Nele, conto um pouco de minha história como leitor, bem como argumento acerca da importância de cristãos consumirem boa ficção.

É claro, para que haja boa ficção, alguém tem de escrevê-la. Tenho desafiado várias

[1] *Disponível em: http://monergismo.com/novo/livros/ler-ficcao-e-bom-para-pastor/*

pessoas a tentar a mão na escrita e, para minha alegria, alguns têm aceitado e produzido material de ótima qualidade. E aqui estou também, dando o texto e a cara a tapa. Este projeto é minha tentativa de contribuir com boas histórias. O desafio seria trazer ao público um ano inteirinho de histórias, lançando ao menos uma por mês ao longo do ano de 2021. No final das contas, são 14 livros. Há, é claro, muitas outras histórias ainda por desenvolver, sementes por regar.

As histórias do projeto podem ser lidas em qualquer ordem. Vale notar, entretanto, que embora não haja uma sequência necessária de leituras, elas se passam no mesmo universo literário. Não será incomum encontrar referências e mesmo personagens de um livro em outro. De qualquer forma, deixo aqui minha sugestão de leitura para você, caro leitor, que está prestes a se aventurar nesse um ano de histórias:

> Então se verão
> O peso das coisas
> Enquanto houver batalhas
> Lá onde o coração faz a curva
> A hora de parar de chorar
> Soblenatuxisto
> Voando para Leste
> Vulcão pura lava
> O que se passou na montanha
> Esfirras de outro mundo
> Aquilo que paira no ar
> Frankencity
> Sem nem se despedir e outras histórias
> Pode ser que eu morra hoje

Tentei ainda me aventurar por diversos gêneros literários. De romances de formação à literatura epistolar, passando por histórias de amor, *soft sci-fi*, fantasia e até reportagens. Ainda há muitos gêneros a serem explorados. Quem sabe em outro projeto. Se as histórias ficaram boas, só o leitor poderá dizer. De qualquer forma, agradeço imensamente pela sua disposição em lê-las.

# ESFIRRAS DE OUTRO MUNDO

Há coisas que marcam nosso caminho e não há nada a fazer senão ser responsável para com o que nos cabe.

Este conto é parte de um projeto de escrita colaborativa de alguns dos autores do *Literatura & Redenção*, cuja ideia era termos diversas historietas que se passam em épocas diferentes e em cômodos diversos de uma mesma casa em São José dos Campos. Vários dos queridos do grupo escreveram histórias também. O André Venâncio, a Ana Paula Nunes, o Cauê Oliveira e a Débora Oliveira participaram com belíssimos textos. Procure as histórias deles, vale a pena.

Escolhi incluir a minha para compor o conjunto de *Um ano de histórias*, por entender que ela lida com temas e situações que julgo combinarem com o tom da grande história que venho tentando contar.

Espero que goste! E, se puder, pegue umas esfirras para acompanhar a leitura!

**E**ra uma daquelas noites que a gente sente que vai ser significativa na nossa história, mesmo antes de qualquer coisa acontecer. Como isso acontece? Será que uma parte da mente visita o futuro e volta sem poder dar detalhes? Acho que você sabe do tipo de noite que estou falando. Uma dessas que a gente evita um pouco, pois sabe que vai envolver dores. Ficamos ensaiando por vários dias o que vamos dizer na conversa difícil que nos aguarda, simulando como responder, como reagir, tentando antever cada possibilidade. Passando dezenas de vezes pelo sofrimento na imaginação antes de ele acontecer na

realidade. Uma noite que, entretanto, pode acabar tendo significado muito maior do que imaginava nosso vão coraçãozinho.

Noite estrelada de início de agosto. Júpiter, Marte e Vênus visíveis a olho nu. O Jornal Nacional fizera a promessa de chuva de meteoros entre 1h e 1h45 da manhã. Frio para a época do ano. Cidade quieta. Casal de namorados na varanda de casa arrumadinha. Namoro na corda bamba, bem bamba. Meados dos anos 90, quando o Brasil já era tetra e a internet ainda era apenas um sonho para a esmagadora maioria das pessoas. São José dos Campos e seus encantos. O casal ainda segue namorando, mas o carinho do início do ano quando foram juntos para um feriado em Bertioga já estava desvanecendo. Os dois vão para o encontro com a decisão semifirme de terminar o namoro. Ela mais firme que ele. Pareciam estar no ponto acerca do qual cantou Dolores

Duran em *Fim de caso*: já passara aquela "base do só vou se você for". Ele tenta iniciar algum assunto, quer entrar no tópico difícil do relacionamento, mas não sabe bem por onde começar, nem mesmo se vai ter coragem de falar. Não era hora ainda de entrar na conversa séria. O rapaz pergunta:

"Só tinha Brahma no mercado, Juba?"

"Já te falei que sim. Pega logo o copo, tá esquentando. Tem mais na geladeira, se você quiser."

"Houve um tempo em que ela teria ido a um segundo mercado", ele pensou com leve rancor. "Ela sabe que eu não gosto de Brahma. Ela sabe que acho ruim pra dedéu. Ela teve a tarde livre; tem um monte de mercados aqui perto. Custava ter procurado mais? Ela está diferente mesmo." Ao mesmo tempo, achou melhor deixar de lado. Para que mexer com isso, se talvez já saísse dali não mais como seu namorado? Seria apenas mais uma das diversas desavenças que nem fariam mais sentido. Mais uma das muitas discussões que se tornariam supérfluas.

Sentam coladinhos na rede da varanda. Rede surrada que a família dela herdara dos moradores anteriores. A proximidade entre o casal, que já fora elétrica, agora é apenas inquietante. Recostam-se numa semiconchinha desconfortável, mas gostosinha, assim mesmo. Ainda há algo entre eles? Alguma atração física há, sem dúvida. Mas tem algo mais ali junto. Algo desconfortável. Como uma blusa da qual faltou tirar a etiqueta da loja.

Ficam olhando a noite escura. O tráfego da cidade estava diminuindo bastante. Já passara do ponto em que o pessoal estava voltando do trabalho e ainda não se aproximava a hora do trânsito causado pelos que voltavam dos cursos noturnos de faculdade. Um pequeno intervalo antes de mais luzes.

Mãos saudosas cautelosamente entrelaçadas. Saudosas, mas confusas. Havia saudade – sim, havia. Ainda eram namorados e havia alguma admiração mútua, além de um bom conjunto de memórias. Não somente de Bertioga, mas de Holambra e Águas de Lindoia na primavera com amigos diversos e alguns rápidos passeios ao litoral sul do Rio de Janeiro. Havia lembrança dos planos de casamento e sonhos. Conversas mais ou menos sérias sobre como poderia ser a vida a dois.

O que está mais forte na mente, contudo, é um baita incômodo. Os dois sabem que a relação não vai bem. Gostam muito um do outro. Mas simplesmente não está mais dando liga, como diz a tia Vera. Talvez seja hora de terminar. Ou talvez não. Vamos ver como isso anda. Quem vai tocar no assunto primeiro, se é que alguém vai? De qualquer forma, há chuva de meteoros prometida para aquela noite. E há cerveja.

Mas cadê os meteoros? Se fosse meses antes, ele teria esperado quantas horas fossem necessárias com ela, mesmo não se importando nem um pouco com meteoros. Afinal, qualquer desculpa para curtir a presença da sua garota era válida. Mas hoje não mais. Ele reclama que, pelo jeito, a tal chuva ainda vai demorar:

"Você acha que vamos aguentar até essa tal chuva de meteoro? Falta muito, Juba. Talvez seja melhor deixar para lá."

"Você, eu não sei, Jô. Eu com certeza aguento. Estou esperando por isso ansiosamente. Mas, numa boa, se estiver querendo ir pra casa..."

"Não, não. Quero ficar aqui. Mas com que se parece uma chuva de meteoros?"

Juliana não estava com muita paciência ao responder:

"Já viu estrela cadente? Então, daquele jeito, só que um montão de uma vez."

"Você sempre me surpreende. Nunca soube que você gostava de astronomia."

O humor dela estava piorando.

"Precisa gostar de astronomia pra achar bonito ver as coisas no céu, Jô? Larga de ser chato."

"Calma, bem. Só acho que um cinema seguido de barzinho seria mais gostoso."

"Jô... Aqui tem cerveja, tem vista bonita e tem euzinha. A gente precisa gastar tempo conversando. No cinema já sei que você só vai querer beijar. Aqui a gente beija e conversa. Ou só conversa. Acho que vai ser mais conversa mesmo."

"Ou só conversa. Vou pegar o salgadinho."

Juliana estava cada vez mais certa de que desejava terminar. Ela não sabia, entretanto, se João já tinha chegado à mesma conclusão. Desde que ele tinha ido estudar em São Paulo, as ocasiões para estarem juntos eram cada vez mais raras. Ele tinha entrado em Engenharia Mecânica na Universidade Mackenzie. As conversas por celular ficavam caríssimas. Ele não tinha telefone fixo na república em que morava no bairro de Santa Cecília. Ela, já formada em Odontologia, estava trabalhando no consultório do pai, lá mesmo em São José. Era seu primeiro ano profissional, e estava começando a finalmente formar clientela. Eles tinham pouco mais de um ano de namoro e metade desse tempo tinha sido à distância. Era um sábado à noite, e ele tinha vindo passar o fim de semana, como fazia quase sempre, ao menos no início. Dolores Duran, de novo: "Nós já tivemos a nossa fase de carinho apaixonado, / De fazer verso, de viver sempre abraçado". Ele pega a primeira garrafa já vazia e oferece de ir buscar outra. Quando ela está meio irritada desse jeito, ele sempre fica medindo as palavras:

"Mais uma cerveja?"

"Claro, já acabou essa. Pega as esfirras que deixei na bancada também."

Ele sobe com outra Brahma e cinco esfirras de carne do Armazém do Farid. As melhores esfirras de toda a Via Dutra. "De outro mundo!", dizia o pessoal que as experimentava pela primeira vez. João segue acanhado e tentando achar um porta de entrada para o assunto. Sem saber muito o que falar, ele reinicia o papo enquanto espreme limão sobre uma de carne. Tenta o genérico papo da saudade:

"Eu estava com tanta saudade de você..."

"Mesmo? Estranho. Por que não veio pra São José então nas últimas duas semanas?"

Dessa vez ele mordeu a isca.

"De novo isso, Juba? Não te falei, bem, que tinha que estudar?"

"O que era mesmo que você tinha que estudar? Não foi muito convincente, não..."

"Cálculo 2. É uma coisa difícil, amor.

Não tem como fazer tudo o que precisa durante a semana. Preciso usar o sábado."

"Mas deu tempo de ir naquele show do Titãs, né?"

"Isso foi de noite, Juliana. Já te expliquei. Estudei o dia todo e de noite o Marcantônio me chamou para ir com ele e o Pigarro ver o show. Tinham um ingresso e fui."

"É só isso mesmo?"

"O que mais seria?"

Houve um tempo em que o ciúme de Juliana afloraria poderosamente em situações como essa. Não mais. Na verdade, ficaria tudo mais fácil se ele tivesse aprontado alguma. Ela decide não insistir. Não importará muito mais depois que ela terminar tudo nesta noite.

"Jô, você não acha que a gente está meio distante, não?"

Ele sorriu sem graça e ficou olhando a noite. Sem coragem de dizer. A verdade era que sim. Estavam sim distantes. Não havia mais interesse em saber o que o outro estava fazendo. O mundinho de cada um já não importava tanto mais ao outro. A antiga força gravitacional parecia ter sido rompida e cada um seguia em órbita bem diferente. Ela já não tinha mais paciência para o que percebia como infantilidade dele. Quando começaram a namorar, tudo era empolgante. Ela o incentivava a perseguir o sonho de estudar engenharia. O fato de que ele parecia não estar saindo do lugar na vida não a incomodava ainda. Ficou alegre, é claro, pela conquista dele em ser aprovado no vestibular. Sentiu tristeza por seu *namorzinho*, como se chamavam, ter ido morar em São Paulo. Mas não era longe, e no início ele vinha toda sexta para São José. Depois ele diminuiu a frequência das vindas e, aos poucos, ela diminuiu a frequência da tristeza. Já nem sabia mais direito o porquê de estarem juntos. Era hora mesmo de acabar, mas qual seria o momento de começar a conversa sobre isso? Uma pequena trégua.

"E foi bom o Titãs?"

"Foi sim. Eles são demais. Sabe aquela música que eu cantava no karaokê?"

"Pega meu chinelo, por favor?"

"Pego. Então, aquela que eu fazia sempre dueto com o Marquito. Duvido você lembrar qual era!"

"Bem, vou ao banheiro rapidinho." Saiu sem dar bola para o que ele dizia.

João ficou sozinho com a cerveja e a história dos Titãs entalada e perdida. Ela costumava achar o máximo quando ele cantava no famoso bar *Meu São José dos Karaokês*. Costumava até fazer dueto com ele nas músicas dos Beatles. Mas agora era irrelevante.

∼

Ficaram bebendo em silêncio. As esfirras que tinham levado para a varanda estavam frias. Dava para ouvir a televisão do pai de Juliana, que estava assistindo a um filme na sala de estar. O irmão dela jogava Nintendo 64 no quarto. Os barulhos de *Mario Kart* vazavam para a varanda. O gato saíra para um passeio pelo parque Santos Dumont. Jô beijou Juba, num impulso. Ela pensou em resistir, mas não. O beijo confundia as coisas. Ele gostava do contato físico com ela, mas não sabia dizer se restara algo além disso.

Antes de ir até a casa dela, João estava quase decidido a terminar. Agora, sentindo o perfume e ouvindo a voz de Juliana, já não tinha mais a mesma certeza. Mas como seguir naquele ritmo tão esquisito? E ele tinha sonhos. Não queria morar com ela em São José. Queria tentar um mestrado no exterior. Queria sair pelo mundo. Ela sempre dizia que herdaria a clínica do pai e que dificilmente iria querer ir embora de lá. Ele gostava dela, mas via cada vez mais claramente que não era a única mulher do mundo.

Mais Dolores para explicar o clima: "Mas, de repente, fomos ficando cada dia mais sozinhos. / Embora juntos cada qual tem seu caminho, / E já não temos nem vontade de brigar". De fato, não havia mais vontade alguma de estarem juntos. Isso era cristalino para os dois. Ficaram em silêncio. Meros três meses antes e o silêncio não teria sido desconfortável. A hora ia avançando devagar. Comendo para ocupar a boca, para preencher o tempo e para afugentar o desconforto.

Terceira cerveja. Outra Brahma. A primeira leva de esfirras não deu para nada, ainda mais quando Seu Mário, pai de Juliana, passou pela varanda e capturou umas cinco. Fez uma pilhazinha e colocou o limão no topo. Ele prometeu comprar mais e, de fato, logo voltou com uma caixa nova e quentinha para eles. Conversaram sobre música, a cidade, o consultório dela, o gato passeador, o irmão chato, os pais, alguns amigos em comum. Conversa educada, protocolar, desinteressada. Juliana esperou uma brecha e entrou no assunto:

"João, tem algo que a gente precisa conversar e precisa parar de fingir que não tem."

Ele sentiu o desconforto do que estava por vir junto com o alívio de que estava encaminhado o papo. Juliana ia continuar conduzindo o assunto, percebendo que não podia depender dele. Mas algo chamou sua atenção no rabo do olho. Uma luz amarelada vista de relance. Algo que capturou a atenção por ser distinta das luzes costumeiras da cidade. Uma sensação de que algo está errado. Ela disse:

"O que é aquilo?"

"Onde? Aquilo o quê?"

"Ali no céu, João... Ali na direção do parque."

João não vira nada de mais.

"É uma estrela, Ju."

"Não, não é. Mexeu de um jeito estranho."

"Avião, então. Indo para Guarulhos."

"Não é. Conheço avião. Você sabe disso. Meu pai me ensinou até a diferenciar 737 de 727 pelo barulho."

"Você é a única mulher que conheço que se interessa por aviação, futebol e automobilismo."

Eram aspectos que ele costumava admirar nela. Achavam-nos divertidos e sofisticados. Não mais. Agora achava até um pouco irritante como ela ainda chorava por Ayrton Senna. Não que ele não gostasse do piloto, mas já se tinham passado alguns anos da morte dele, e a vida seguia.

A temperatura que vinha baixando de forma lenta de repente pareceu cair dez graus. O frio súbito interrompeu os pensamentos. Ela sentiu o frio e apenas reagiu a este ao mesmo tempo em que sua mente ficou alerta.

"Cadê meu casaco?"

"Ficou no sofá. Quer que eu pegue, Ju?"

" Olha de novo!" Gritou ela.

"Isso não é avião coisa nenhuma."

João estava certo. Claramente aquilo não era avião, nem helicóptero, nem qualquer máquina feita por humanos. Era algo que aparentava aos sentidos ser qualitativamente superior a qualquer projeto de engenharia humana. E estava muito perto deles.

Difícil descrever. Após anos de engenharia, tanto de estudo como de profissão, João ainda tentaria achar a melhor forma de pôr em palavras aquele maquinário tão obviamente avançado que fazia o melhor da tecnologia humana parecer algo projetado por crianças e colado a cuspe. Quando voltaram ao assunto, anos depois daquela noite, numa festa de casamento, os dois tinham clara imagem mental do objeto, mas ainda penavam para traduzir em palavras aquela visão. Era algo que, obviamente, voava. No momento, meramente pairava diante deles como beija-flor pronto a beber água. Estranhamente sua aparência era díspar de qualquer máquina de voo projetada por gente. E diferente até mesmo das naves extraterrestres que costumavam aparecer em filmes. Bem, mas quem disse que os *aliens* são obrigados a criar naves como as que nós achamos que eles deveriam criar?

O objeto voador diante deles identificado parecia bastante forte – não como um tanque de guerra é evidentemente forte, mas com um aspecto de leveza de algo que se sabe indestrutível. A nave, ou seja lá o que fosse, tinha dois grossos arcos que giravam em altíssima velocidade ao seu redor, como bambolês concêntricos, mas independentes. Não dava para discernir se eles tocavam o restante da nave ou se flutuavam em relação a ela. A nave era quase inteiramente helicoidal, mas não de uma forma fixa; parecia se moldar ao formato à medida que se movia. O mais estranho nem era o brilho amarelo pálido, mas o fato de que os arcos, embora aparentemente metálicos, tinham o nítido aspecto de ser metais em estado líquido girando em altíssima velocidade, algo viscoso e vistoso. Era tão notoriamente avançado, que João e Juliana se sentiram como se fossem meros primatas diante de uma escada rolante.

Procuraram a mão um do outro e tentaram entrar em casa, sem sucesso. A varanda não abria. Porém, mais que isso, os sons da casa haviam cessado. O barulho da televisão, o ruído constante da geladeira – nada disso era ouvido. Estava muito frio. Era como se tivessem sido trancados numa câmara frigorífica. A espaçonave pairou diante deles a cerca de cinco metros. Não era muito grande – parecia menor do que um Uno Mille –, mas, por causa do movimento constante e das luzes, era difícil julgar.

A espaçonave brilhava muito forte. Por certo, todo o bairro estaria percebendo o que se passava, imaginou João. Não demoraria para a Polícia Militar chegar. João e Juliana compreenderam com terror que estava para acontecer algo como um primeiro contato. Quando se assiste *E.T. — o extraterrestre*, parece gostosa a ideia de encontrar um alienígena amigo e divertido que faz bicicletas voarem. Quando se assiste *Independence day*, fica a impressão de que, ao nos depararmos com invasores, vamos de alguma forma lutar bravamente. Nada disso aconteceu naquele encontro. Nem alegria, nem sentimentos quentinhos, nem bravura. Apenas absoluto terror. João perdera o controle da bexiga e esquentou suas pernas. Juliana gritava sem parar enquanto se encolhia junto à porta que dava para dentro da casa. O frio era absurdo, a luz era inquietante e a nave apenas pairava por ali. Não fazia som algum, mas produzia uma vibração que era mais percebida pelos ossos do que pelos ouvidos.

A espaçonave pairava preenchendo toda a vista do casal. Não tinham para onde correr. João chegou a ver se conseguia escalar a varanda para o chão, mas havia uma espécie de barreira que os prendia ali. Os dois estavam ficando com muita dor na pele, por conta do frio. Dedos dormentes, rosto ardendo. Ela sentira frio assim apenas em uma viagem que fez com os pais para Bariloche, depois de um baita tombo aprendendo a esquiar e ficando toda molhada. No caminho de volta para o alojamento, sentira que até os ossos estavam molhados pela neve. Esse na varanda, entretanto, era um frio seco. O instinto dos dois era o de fugir, mas nem a janela quebrava, nem ninguém aparecia, nem a porta abria.

A nave apenas ficava ali, diante deles. Não saía nenhum alienígena, nenhum feixe de luz parecia estar examinando-os, nada acontecia. Apenas um frio absurdo.

João tentou arremessar uma das garrafas de Brahma na nave, e ela ricocheteou no ar sem quebrar, apenas caindo novamente no chão da varanda. Ele atirou, na direção da nave, copos, esfirras e tudo o mais que encontrou. Juliana continuava tentando gritar, mas ninguém aparecia. Como é que a polícia ainda não tinha chegado? Como é que seu pai não aparecia? Moviam-se com dificuldade e o desespero era praticamente completo.

Então, assim como o frio começou de repente, ele cedeu. A temperatura voltou ao normal. Escureceu novamente. A nave sumiu. O zumbido cessou.

Quanto tempo havia durado aquela situação? Tempo é algo notoriamente difícil de medir em meio a situações de estresse. Para João, a marca de 1 hora parecia descrever bem o tempo ali no frio. Para Juliana, a sensação fora de apenas cinco ou dez minutos.

Quando passou o frio, eles se viram sozinhos na noite, como se nada tivesse acontecido. Garrafas de cerveja e restos de comida estavam pelo chão, o barulho da casa voltara a ser ouvido normalmente. Ninguém parecia sequer saber do ocorrido. Apenas uma evidência ficara. Algo para garantir que não havia sido uma espécie de alucinação coletiva. Os dois tinham agora uma marca nas costas da mão. Uma marca que parecia estar entre uma tatuagem e uma cicatriz de queimadura. Era uma marca amorfa,

arredondada mas irregular, como uma mancha de um líquido derramado. Não doía, nem mesmo era sensível ao toque. Ela notou primeiro. Se fossem mais versados em geografia, veriam que a mancha se parecia muito com o desenho do mapa da Suíça.

"João, o que é isso na sua mão?"

" Parece uma mancha... e você tem uma igualzinha, Juba."

"Que coisa estranha! A sua está doendo?"

"Não, nada. Nem coçando, nem ardendo, nem nada assim."

Elas eram absolutamente idênticas: em formato, tamanho e textura. Ficaram um tempo comparando as marcas. Qual seria o objetivo de terem sido marcados? João entrou para ir se limpar no banheiro e ela ficou na varanda olhando assombrada. Embora tivesse passado por tremendo medo, agora o medo se fora. Como a sensação que se tem quando, depois de uma tempestade, se ouvem os trovões cada vez mais fracos e distantes. Era inexplicável a tranquilidade que ela sentia depois daqueles momentos de terror e irrealidade. Isso aconteceu mesmo? João voltou minutos depois, envergonhado e ainda meio fora de si.

"Jujuba, o que aconteceu?"

"Se eu não soubesse que é maluquice, eu diria que foi uma nave espacial que ficou aqui na nossa frente e depois se mandou."

Nisso, Seu Mário saiu novamente para junto deles.

"Ainda tem esfirra?"

" Sr. Mário... o senhor ouviu ou viu algo estranho agorinha?"

"Estranho, como o quê?"

"Como uma luz forte, pai. Como um vento gelado que veio do nada."

"Não, meninos, nada disso. Estou vendo Libertadores lá embaixo. Verdão sendo roubado de novo na Bolívia..."

"Pai, liga pro tio Setúbal e pergunta se lá na casa deles eles viram algo."

"Tá bem, Juba. Vou ver, mas... calma. O que aconteceu aqui?"

Juliana não quis explicar muito. Nem tinha como explicar direito. Inventou algo sobre um barulho forte e assustador. Seu pai, após a insistência, checou com alguns familiares e um vizinho, mas ninguém notara nada de estranho na cidade.

João foi embora e o assunto que ele tinha planejado tratar nunca de fato engatou. Esqueceram completamente a chuva de meteoros. O namoro seguiu como que por inércia. Combinaram de conversar novamente na próxima oportunidade, com João fazendo um esforço para vir. Os dois passaram a semana com aquele evento inexplicável na cabeça.

Não encontraram nada nos jornais sobre aquilo tudo. Ela incomodou tanto seu pai, que ele acionou um amigo que trabalhava na Embraer e tinha contatos na Força Aérea Brasileira, mas ninguém disse nada de útil. É claro. Será que, se a FAB soubesse de algo, teria dito? Ao mesmo tempo que provavelmente iriam guardar segredo, talvez algum militar viesse entrevistá-la. Juba seguia inquieta com o evento. O que se passara naquela varanda? Curiosamente, aquele episódio não a fez evitar a varanda; ao contrário, passava cada vez mais tempo lá. Fazia refeições, lia e refletia sobre tudo naquela varanda. Ficou obcecada com aquele ambiente. A semana de João também tinha sido intensa. Muitas aulas e o desejo forte de contar para alguns amigos sobre o estranho evento. Manteve o assunto em segredo, conforme combinado.

No novo encontro, marcado para duas semanas depois de quando João voltou a São José, deixaram combinado que iriam falar tanto do mistério como do namoro. João levou esfirras, mais uma vez. Carne, queijo, frango e calabresa. Reencontro meio desconfortável. Saudações protocolares. Os olhares não se cruzavam direito. Ele brincava com as mãos passando os dedos sobre a marca nas costas da mão. Juliana olhava fixamente para ele. Ela esperou que ele tomasse a iniciativa; mas não iria acontecer. Ela já tinha ensaiado sua fala.

"João, naquela noite maluca, a gente ia conversar. Nós dois já sentíamos que nosso namoro precisava acabar. Foi muito estranho mesmo, naquele dia, tudo o que se passou. Eu nem sei se aconteceu mesmo. Se não fosse você de testemunha e essa marca em nossas mãos, eu juraria ter sido uma alucinação."

"Foi real, Juba. E não acho que tenha sido por acaso."

Ela se voltou para ele, curiosa, e considerou a possibilidade.

"Como assim?"

"Será que aquela espaçonave, ou seja o que for, saiu voando por aí e escolheu uma casa aleatória em São José? Você viu o que aquela máquina era capaz de fazer. Eu estou aprendendo engenharia, Juba. Aquilo é coisa mais avançada do que a gente é capaz até de sonhar. Não acho que teve acaso nenhum. Acho que nos escolheram por alguma razão. Esse tipo avançado de tecnologia chega exatamente aonde quer."

Juliana se levantou e foi para o parapeito olhar a noite. Foram muitas as ocasiões em que ela fez o mesmo nos anos seguintes. Buscava um vislumbre de uma luz que nunca mais piscou, de uma experiência que nunca reviveu. Naquela conversa com João, argumentou:

"João, se aquela coisa quisesse algo conosco, quisesse que fizéssemos algo, ela tinha de ter nos explicado isso de alguma forma. Isso não tem nada a ver com nosso namoro. Nosso relacionamento já acabou na prática. Nem eu quero, nem você quer, João."

João não estava convencido. E se eles tivessem sido escolhidos e fosse importante para o mundo que permanecessem juntos? João insistiu:

"Temos o direito de não ficar juntos? E se essa nave nos marcou como, sei lá, os precursores de uma nova civilização ou nos escolheu para liderar algo em nome deles?"

"Mais fácil ter colocado a gente como o primeiro alvo, isso sim. Talvez a gente seja os primeiros a morrer numa invasão."

"Se fosse isso, mais fácil mesmo teria sido destruir a gente. Não acho que tenha hostilidade. Poderiam facilmente ter nos matado. Juba, eles nos escolheram para algo superior. A gente talvez precise ficar juntos, mesmo não querendo muito."

Juliana não estava convencida. Se algum alienígena queria que ela ficasse com o João, e casasse, e tudo o mais, ele que fosse mais claro em dizer isso. Mesmo que quisesse, ela é que tinha de querer! Desde cedo aprendera de seus pais a fazer seu próprio caminho, e não seria uma nave gelada que a faria continuar com um rapaz de quem não gostava.

Ela não era alguém que buscava autonomia a qualquer custo. Embora tivesse aprendido a buscar fazer seu próprio caminho, não era alguém avessa ao senso de obrigação para com o próximo. Queria ajudar a humanidade, se fosse o caso. Ninguém garantia, porém, que a interpretação de João sobre o propósito da nave e das marcas era a mais acertada. Ela retomou a liderança do assunto.

"João, vamos fazer assim: cada um segue seu caminho. Talvez a gente nunca entenda o que rolou naquela noite. Não sei. Está cheio de história esquisita de coisa estranha que aconteceu em tudo que é lugar no mundo. A gente deixa combinado que, se o destino da humanidade ou algo assim estiver em jogo, a gente se reencontra e vê o que faz."

"Juba, e se for necessário mais que isso? Sei lá, vai que nosso filho venha a ser o salvador do mundo ou algo assim?"

"Ou o destruidor do mundo, né, João? Vai que nosso filho é o caminho para a invasão ou alguma porcaria assim? Não vou casar contigo só porque uma porcaria de uma nave – que eu nem sei se foi isso mesmo – gelou o ar e deixou uma marca na minha mão."

João não sabia mais o que dizer. Seus planos passavam, sendo bem sincero, bem longe de São José dos Campos. Queria ficar em São Paulo. Arrumar uma namorada por lá. Ganhar muito dinheiro. Juliana fora uma fase boa, mas ele não queria se casar com ela. A bem da verdade, já estava olhando mesmo para outras garotas da faculdade. Em particular uma que fora com ele ao show do Titãs. Algo, entretanto, parecia impeli-lo a continuar com Juliana. Ele não estava convencido de que aquele evento fora fortuito. Era daquelas coisas que pareciam significar algo importante. E ele sentia como se, terminando o namoro, estivessem falhando. Será que tinha o direito, entretanto, de não seguir o chamado dos alienígenas? Suas obrigações como humano não deviam ir além de seus sonhos?

"Juba, eu não vou insistir, nem quero. Eu sinto que, sei lá... A gente devia tentar um pouco mais por causa dessa maluquice que aconteceu aqui na varanda... mas não vou ficar implorando não. Você quer terminar mesmo?"

Juliana sabia que aquele momento era mais importante do que um mero término de namoro, como aqueles pelos quais passara algumas vezes. Não que João fosse alguma espécie de príncipe encantado, ou o amor de sua vida, ou qualquer coisa de maravilhosa. Nem mesmo era o homem que ela mais amara. De qualquer forma, sentia, sim, algo a respeito do que ele falava, acerca da obrigação para com o que passaram juntos. Aquela situação que marcava as costas de sua mão. Ela sabia muito bem que não há plena liberdade na vida. Que há coisas que marcam nosso caminho e não há nada a fazer senão ser responsável para com o que nos cabe.

Ela nascera em certa cidade, em certa família e em certo país. E isso era parte de quem ela era. Trazia privilégios e deveres. Teve segredos confiados a ela acerca do que se passava na casa de sua amiguinha

Fabiana, quando ambas tinham 8 anos. Se ela não tivesse quebrado o segredo, Fabiana talvez não estivesse viva e seus pais não estivessem na cadeia. Ela não pediu para ser guardiã do segredo nem para precisar decidir como agir – mas decidira. Entendia responsabilidade. Não pedira para nascer numa família de boa condição financeira, mas entendia que esse privilégio lhe impunha certas obrigações. Não pedira para nascer bonita como era. Amava sua beleza e sabia que isso mudava a forma como as pessoas se relacionavam com ela, para o bem e para o mal. Sabia que boa parte dos elementos que formam uma pessoa é composta de situações ou características que lhe foram impostas, sem escolha. A escolha estava em agir, e agir bem diante delas.

"João, eu não sei o que aconteceu. Eu não sei se aquele alienígena – ou seja o que for essa porcaria que apareceu aqui – tem uma missão para nós. Mas o que eu sei é que eu vou agir de acordo com o que penso ser certo nesta situação. E o que penso ser certo é terminarmos. Não acho que sejamos importantes para o destino do mundo, não acho que sejamos a dobradiça da história do mundo. Sei lá, pode ser um engano, pode ser um plano, pode ser um truque. Eu não sei. Se um dia o chamado para agir vier, a gente age."

Ele percebeu que era isso mesmo. No final das contas, era o que ele queria também. Aquele encontro imediato com a nave tinha balançado as coisas, mas o caminho era esse. Ele assentiu silenciosamente.

"Me passa mais uma esfirra, João. Tem limão ainda? Coma mais uma. Depois você precisa ir. Se chegar a hora de salvarmos o mundo, a gente come umas esfirras e faz o que precisa. Enquanto a obrigação não se apresenta, somos livres para usar o tempo como julgarmos melhor."

"Não estamos fugindo da nossa responsabilidade não, né, Juba?"

Ela deu mais uma mordida na esfirra. Refletiu por dois ou três minutos e respondeu, determinada:

"Se soubéssemos qual é nossa responsabilidade, deveríamos agir. Mas não sabemos. Você está presumindo muito: que eles voltarão, que nós fomos escolhidos, que essa escolha envolve ficarmos juntos. Não vejo dessa forma. Coma e depois vá. Ou melhor, leva para viagem. Vai logo."

A nave deixara apenas um vestígio de sua passagem: as marcas nas costas das mãos de João e Juliana. O que nenhum deles tinha se dado conta é de que a nave levou algo consigo. Duas esfirras. Uma de queijo e uma de carne, atiradas violentamente por João, mas recebidas como se fossem uma

oferenda de paz, feita numa simples varanda de uma casa em São José dos Campos, São Paulo, Brasil, Planeta Terra.

Naquele momento, enquanto Juba e João terminavam o namoro e consideravam o lugar do ser humano diante das obrigações que parecem lhe ser impostas, uma outra decisão importante foi tomada após seres lumino--aquosos experimentarem as esfirras, a três anos-luz da Terra. Para uma raça acostumada a alimentar-se apenas de cada um dos elementos nutritivos separadamente, aquela junção de sabores, aromas, texturas e condimentos gerou uma revolução no entendimento sobre as possibilidades da existência. Nunca haviam pensado que a nutrição podia ser uma experiência estética e deleitosa. Foi reunido um conselho diplomático. Planos foram feitos.

Eles precisavam reencontrar os terráqueos que os haviam presenteado com tal maravilha.

# AGRADECIMENTOS

Agradeço aos muitos apoiadores que tive ao longo do projeto. Agradeço aos leitores que sempre me encorajaram e desafiaram.

Agradeço a toda a equipe da Pilgrim e da Thomas Nelson Brasil: Leo Santiago, Samuel Coto, Guilherme Cordeiro, Guilherme Lorenzetti, Tércio Garofalo e muitos mais. À Ana Paula Nunes, que me deu a ideia de lançar um ano de histórias. Ao Anderson Junqueira pelo belíssimo projeto gráfico. À Ana Miriã Nunes pelas capas e ilustrações maravilhosas. Ao Leonardo Galdino, à Eliana e à Sara pelas revisões. À Anelise e Débora que por seu constante apoio fazem tudo ser mais fácil.

Aos presbíteros e pastores da Igreja Presbiteriana Semear, por me apoiarem neste projeto.

Sempre há mais gente a agradecer do que a mente se lembra. Sempre um exercício prazeroso bem como doloroso.

Agradeço aos muitos amigos de São José dos Campo. Sua cidade é uma dessas que fico com vontade de morar quando visito. Agradeço ainda aos colegas do *Literatura & Redenção*. Tem sido precioso andar eletronicamente convosco. Obrigado, amados.

# SOBRE O AUTOR

**EMILIO GAROFALO NETO** é pastor da Igreja Presbiteriana Semear, em Brasília (DF), e autor de *Isto é filtro solar: Eclesiastes e a vida debaixo do Sol* (Monergismo), *Redenção nos campos do Senhor: as boas-novas em Rute* (Monergismo), *Ester na casa da Pérsia: e a vida cristã no exílio secular* (Fiel), *Futebol é bom para o cristão: vestindo a camisa em honra a Deus* (Monergismo), além de numerosos artigos na área de teologia.

Emilio também é professor do Seminário Presbiteriano de Brasília e professor visitante em diversas instituições. Ele completou seu PhD no Reformed Theological Seminary, em Jackson (EUA), e também é mestre em teologia pelo Greenville Presbyterian Theological Seminary e graduado em Comunicação Social/Jornalismo pela Universidade de Brasília.

Emilio ama esfirras, quibes, pão sírio, homus, coalhada, kafta...

# OUÇA A SÉRIE *UM ANO DE HISTÓRIAS* NARRADA PELO PRÓPRIO AUTOR!

Na Pilgrim você encontra a série *Um ano de histórias* e mais de 7.000 **audiobooks, e-books, cursos, palestras, resumos** e **artigos** que vão equipar você na sua jornada cristã.

**Comece aqui**

Copyright © Emilio Garofalo Neto.
Os pontos de vista dessa obra são de responsabilidade
dos autores e colaboradores diretos, não refletindo
necessariamente a posição da Pilgrim Serviços e
Aplicações ou de sua equipe editorial.

*Revisão*
Leonardo Galdino
Eliana Moura Mattos
Sara Faustino Moura

*Capa e ilustrações*
Ana Miriã Nunes

*Diagramação e projeto gráfico*
Anderson Junqueira

*Edição*
Guilherme Lorenzetti
Guilherme Cordeiro Pires

Dados Internacionais de Catalogação na Publicação (CIP)

| | |
|---|---|
| G223e | Garofalo Neto, Emilio |
| 1.ed. | Esfirras de outro mundo / Emilio Garofalo Neto. |
| | 1.ed. - Rio de Janeiro: Thomas Nelson Brasil; |
| | The Pilgrim: São Paulo, 2021. |
| | 64 p.; il.; 11 x 15 cm. |

ISBN : 978-65-5689-424-9

1. 1. Cristianismo. 2. Contos brasileiros.
3. Ficção brasileira. 4. Teologia cristã. 5. Vida cristã.

10-2021/88                    CDD B869.3

**Índice para catálogo sistemático:**
1. Ficção cristã : Literatura brasileira  B869.3
Bibliotecária responsável: Aline Graziele Benitez CRB-1/3129

Todos os direitos reservados a
Pilgrim Serviços e Aplicações LTDA.
Alameda Santos, 1000, Andar 10, Sala 102-A
São Paulo — SP — CEP: 01418-100
www.thepilgrim.com.br

*Este livro foi impresso
pela Ipsis, em 2021, para a
HarperCollins Brasil.
O papel do miolo é pólen
bold 90g/m² e o da capa é
cartão 250g/m²*